Amigo de palo

Concha López Narváez

Premio Lazarillo, 1984

Ilustraciones de Tino Gatagán

ediciones **sm** Joaquín Turina 39   28044 Madrid

Dirección editorial: **María Jesús Gil Iglesias**
Colección dirigida por **Marinella Terzi**

Primera edición: junio 1988
Undécima edición: mayo 2000

Dirección editorial: María Jesús Gil Iglesias
Colección dirigida por Marinella Terzi

© Concha López Narváez, 1988
© Ediciones SM
    Joaquín Turina, 39 - 28044 Madrid

Comercializa: CESMA, SA - Aguacate, 43 - 28044 Madrid

ISBN: 84-348-2471-X
Depósito legal: TO-761-2000
Preimpresión: Grafilia, SL
Impreso en España/*Printed in Spain*
Grafillés, SL - Industria, 13 - Illescas (Toledo)

PEDRO ya tiene siete años,
y aún no va al colegio.
Irá el año que viene sin falta.

Se lo ha dicho mamá.
Pedro no va al colegio
porque vive en el campo,
en una casa blanca
rodeada de una huerta
muy grande.
La escuela está en el pueblo,
a una hora de camino.
Pedro es todavía pequeño,
y no puede caminar
durante tanto tiempo.
Pero el año que viene
le habrán crecido las piernas.
Pedro tendrá los pasos largos,
y podrá ir al colegio
sin cansarse.

Pedro vive con papá y mamá.
Su casa
está muy lejos de otras casas.
Por ese motivo,
Pedro no puede jugar
con otros niños.
Pero nunca se aburre.
Se inventa historias
o imagina aventuras.

Además tiene amigos:
su perro Bruno,
la burra Catalina,
la gallina Carlota
y el gallo Sebastián.

También tiene otro amigo
que se llama Pepón.
Pepón está siempre en la huerta
con los brazos abiertos.
Así asusta a los pájaros.
Pepón tiene
el cuerpo de palo,
un sombrero de paja
con la copa aplastada,
una chaqueta de cuadros,
un pantalón de rayas
y una bufanda roja.
La bufanda es muy larga.
Cuando la mueve el viento,
parece que vuela
como una cometa.

Pepón es el guarda del huerto.
Cuida de sembrados y frutas.
Antes de ser
el guardián del huerto,
Pepón era sólo
una rama muy larga
y otra rama más corta.
Pero el papá de Pedro
las unió y les puso la ropa.
Ocurrió un día de verano.
El papá de Pedro vio
que los pájaros se comían
las frutas y las plantas
del huerto.
Entonces puso cara de enfado.

Luego se marchó a casa
y buscó en el baúl
de las cosas antiguas.
Encontró
la chaqueta de cuadros,
el pantalón de rayas,
el sombrero de paja
con la copa aplastada
y la bufanda roja.

Y con todo en la mano
se fue de nuevo al huerto.

19

Después cogió las dos ramas,
la que era más corta
y la que era más larga.
Colocó la corta
encima de la larga
y las ató
con una cuerda fuerte.
Y las clavó en el suelo.

Luego les puso ropa:
pantalones de rayas,
chaqueta de cuadros,
sombrero de paja
con la copa aplastada
y bufanda roja.
Pedro miraba
con los ojos curiosos
lo que hacía papá.
—Es un hombre de palo
–dijo Pedro
cuando vio las dos ramas vestidas
con chaqueta y pantalones,
bufanda y sombrero.
—Es un espantapájaros,
y ahora tiene que trabajar.
Cuidará de las plantas y frutas
–dijo papá.
Pedro le puso nombre:
—Se llamará Pepón –dijo.
—Es un nombre estupendo
–dijo papá.

Luego, el papá de Pedro
habló al espantapájaros:
—Ahora, Pepón,
vigila y cuida bien del huerto.
Si no lo haces,
te arrojaré a la hoguera
–le advirtió con voz seria.
Cuando papá se fue,
Pedro miró a Pepón.
Pepón parecía un gigante,
con los brazos abiertos,
vigilando sembrados.
Y Pepón sonreía.
Pedro sabía por qué:
porque tenía ropa,
tenía nombre
y tenía trabajo.

Después sucedieron
muchas cosas distintas,
y Pedro
no se perdió un detalle:
Primero llegó al huerto
la señora estornino
con todos sus hijitos.

Venían a picar
en las frutas maduras.
De pronto,
la señora estornino vio a Pepón.
Gritó con voz de espanto,
le temblaron las plumas
y casi se desmayó.
El señor estornino
estaba en las higueras
y se comía los higos.

—¿Qué es lo que pasa ahora?
–preguntó al oír
el grito de su esposa.
—Mira, marido, mira,
allí en mitad del huerto
–respondió la señora estornino.
—¡Ay, papá, que nos come!
–gritaron los hijitos
cogidos de las alas.
El señor estornino
vio al guardián
de sembrados y frutas.
—¡Qué hombre tan extraño!
Esperad aquí quietos.

Voy a acercarme un poco
para verlo mejor
–dijo.
Pero el papá estornino
volvió inmediatamente.
—¡Vámonos a casa!
Parece peligroso
–ordenó a su familia
con la voz asustada.
Pedro los vio marchar.
Volaban más deprisa que el viento.

Tenían mucho miedo.
Pepón se hinchó igual que un globo.
Estaba muy orgulloso.
Después,
Pedro salió corriendo
hacia donde vivían los pájaros,
para ver lo que hacían.
La señora estornino,
el señor estornino
y sus hijitos
estaban posados
en las ramas de un roble.
Y contaban la aventura
a todos sus vecinos:
—¡Era un gigante enorme,
más grande que este árbol!
–dijo la señora estornino.
—Era un hombre muy alto
y parecía enfadado
–añadió su marido.
—¡Y nos quería comer!
–gritaron los hijitos.

Los pájaros temblaban,
tiemblan por cualquier cosa.
Temblaban todos, menos los mirlos.
Los mirlos son curiosos,
y les gusta enredar
y llevar la contraria.
Además
dicen siempre la última palabra.
La señora mirlo miraba
a la señora estornino
con ojos de duda.
—Pues yo no me lo creo –exclamó.
La señora estornino
se enfadó muchísimo.

—Pues váyase usted al huerto
y vea por sí misma.
Pero cuide
de que el gigante terrible
no le robe sus hijos
–dijo la señora estornino.
Y la señora mirlo
soltó su risa al aire
porque no había creído
una sola palabra.
Luego se marchó con sus hijos
camino del huerto.
Cantaban todos juntos
la canción del verano.
Los pájaros la cantan
con voces de alegría.

Porque en verano,
las frutas están maduras.
Y brillan entre las hojas verdes.
Detrás de la señora mirlo
volaban muchos pájaros.
Había gorriones,
grajos, pardillos, lúganos...
Todos querían ver
qué sucedía en el huerto.
Eran curiosos, pero todos volaban
despacio y con cuidado.
Todos, menos los mirlos.
Los mirlos son muy imprudentes.

Pedro los vio marchar.
Y corrió muy deprisa
para volver al huerto.
Llegó en el mejor momento.
La mamá mirlo vio
a Pepón con sus brazos abiertos.
Y dio un grito enorme.
Hasta lo oyó el Sol.
Pedro se rió.
Los pájaros huían como locos.
Tropezaban y caían en el aire.
Volaban en desbandada.
Todos iban muertos de miedo.
Llevaban las plumas despeinadas,
las alas temblorosas
y los ojos de espanto.

Por fin,
todos se fueron.
Pedro se aproximó
al guardián del huerto.
—Pepón,
haces un buen trabajo.
Yo quiero ser tu amigo
–le dijo.
Pepón se puso muy contento.
Durante varios días,
los pájaros no volvieron.
Pepón seguía de guardia.
Pedro lo acompañaba.
Se sentaba a su lado
y le contaba cosas.
Eran cosas de amigo.
Pepón las entendía
aunque no tenía orejas.
Pero una mañana
los pájaros volvieron.
El día estaba claro,
sin nubes en el cielo.

El aire fresco
alegraba los campos.
Pedro estaba contento.
Bajaba desde casa hasta el huerto
con ojos de alegría.
Pensaba en su amigo Pepón.
Le tenía que decir
que ya sabía silbar.
De pronto, vio a los pájaros.
Eran cientos y cientos.
Llegaban en bandadas.
Pedro estaba asombrado.
¿Adónde irían los pájaros?
Volaban sobre el huerto.
Volaban dando vueltas.
Y ninguno
se posaba en los árboles.
Sin embargo,
tampoco se alejaban.
Pedro lo comprendió:
estaban al acecho.
Pero ¿qué acecharían?

Pepón seguía
en medio del huerto.
Parecía más enorme y terrible
que nunca.
Pedro lo miraba
con ojos orgullosos.
Ningún pájaro
rozaría los árboles.
Pepón lo impediría.
Pero Pedro se equivocaba.

Una pajarita con el pecho amarillo
se posó en un ciruelo.
¿Qué es lo que estaba haciendo?
¡Picaba las ciruelas!
Una, dos, tres, cuatro, cinco...
Porque sí,
ni siquiera se las comía.
Y no tenía miedo.
Picaba tranquila y sin prisas.

Después levantó el vuelo.
Saludó a sus amigos.
Y se posó en el sombrero
del guardián del huerto.
Pedro no podía creerlo.
¡Qué descarada era!
Pero era valiente.
De pronto, Pedro lo comprendió:
aquella pajarita había viajado.

Mamá siempre se lo decía:
«El que viaja aprende,
y se atreve a hacer cosas
que los otros no harían».
Por eso, la pajarita sabía
que Pepón era un espantapájaros.
Por eso, se atrevía a picar
las frutas del huerto.
Los otros pájaros
no habían viajado.
Sabían pocas cosas:
volar, hacer sus nidos,
cantar y criar a sus hijos.
Pero no eran valientes.
Todos se asustaban
del guardián del huerto.

Sin embargo,
aquella pajarita
de nada tenía miedo.
Volvió a posarse
en los brazos abiertos de Pepón.
Saltaba de uno a otro.
Los brazos se agitaban.
La pajarita se estaba columpiando.
¡Cómo se reía!
Luego empezó a cantar.
Pedro puso atención.
Era un canto de burla:
«Venid, venid;
el gigante terrible
tiene brazos de palo.
Tiene cuerpo de palo.
Y una pata de palo
que se clava en la tierra.
No se puede mover.
No se llama gigante.
Se llama espantapájaros.
Es todo de mentira».

Los pájaros llegaron
como una nube oscura.
Todos alborotando,
todos al mismo tiempo.
Y todos se posaron
sobre el pobre Pepón.

Algunos en los brazos,
otros en el sombrero,
otros en la chaqueta...

Y todos se reían.
Pepón se moría de vergüenza
en medio del huerto.
Allí estaba,
con los brazos abiertos,
todo lleno de pájaros.
Pedro estaba seguro
de que Pepón pensaría:
«Que no me vea nadie».
Y Pedro también pensó:
«Que nadie vea a Pepón».
Se ocultó entre las tomateras.
No quería
que el guardián de frutas
supiera
que él estaba en el huerto.
Porque si lo supiera,
aún tendría más vergüenza.

Pedro estaba triste,
y tenía miedo.
Si llegaba papá,
cogería a Pepón,
le quitaría la ropa
y lo echaría a la hoguera.
De pronto,
se levantó de un salto:
¡Tenía una idea!
Ya verían los pájaros.
Ayudaría a Pepón.
Los amigos se ayudan.
Si no, no son amigos.
Avanzó por el huerto
oculto entre las matas.
Marchaba
como marchan los gatos.
Despacio y suavemente,
sin hacer ni un ruido.

Al fin
llegó al lado
del guardián del huerto.
Los pájaros no se enteraron:
jugaban y se estaban burlando...
—¡Uuuh, uuh, uuh! –les gritó Pedro
con voz de gigante terrible.
Y movió
los brazos de palo de Pepón.
Y agitó la bufanda roja,
como si fuera un látigo.

Los pájaros huyeron
dando saltos y tumbos:
estorninos, jilgueros,
mirlos, grajos
y gorriones.

54

Hasta la pajarita
que había viajado.
No sabían
que Pedro se ocultaba
detrás de la chaqueta
de su amigo Pepón.
Creían
que el guardián de frutas
era un gigante enorme.

Y que el gigante
se había enfadado.
En la mitad del huerto,
Pepón volvía a ser terrible,
con sus brazos abiertos
y su bufanda al aire.
¡Cómo corrían los pájaros!
¡Cómo gritaban!
Se decían unos a otros
que nunca volverían.

Pedro estaba contento.
—Pepón, qué buen trabajo haces
–suspiró satisfecho.
Y se sentó en el suelo
al lado de su amigo.
El guardián de sembrados y frutas
sonrió emocionado.

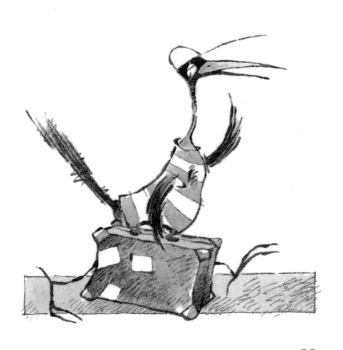

EL BARCO DE VAPOR

SERIE BLANCA (primeros lectores)

1 / *Pilar Molina Llorente*, **Patatita**

2 / *Elisabeth Heck*, **Miguel y el dragón**

5 / *Mira Lobe*, **El fantasma de palacio**

6 / *Carmen de Posadas*, **Kiwi**

7 / *Consuelo Armijo*, **El mono imitamonos**

8 / *Carmen Vázquez-Vigo*, **El muñeco de don Bepo**

9 / *Pilar Mateos*, **La bruja Mon**

12 / *Gianni Rodari*, **Los enanos de Mantua**

13 / *Mercè Company*, **La historia de Ernesto**

14 / *Carmen Vázquez-Vigo*, **La fuerza de la gacela**

15 / *Alfredo Gómez Cerdá*, **Macaco y Antón**

16 / *Carlos Murciano*, **Los habitantes de Llano Lejano**

18 / *Dimiter Inkiow*, **Matrioska**

20 / *Ursula Wölfel*, **El jajilé azul**

21 / *Alfredo Gómez Cerdá*, **Jorge y el capitán**

22 / *Concha López Narváez*, **Amigo de palo**

24 / *Ruth Rocha*, **El gato Borba**

25 / *Mira Lobe*, **Abracadabra, pata de cabra**

27 / *Ana María Machado*, **Camilón, comilón**

29 / *Gemma Lienas*, **Querer la Luna**

30 / *Joles Sennell*, **La rosa de san Jorge**

31 / *Eveline Hasler*, **El cerdito Lolo**

32 / *Otfried Preussler*, **Agustina la payasa**

33 / *Carmen Vázquez-Vigo*, **¡Voy volando!**

36 / *Ricardo Alcántara*, **Gustavo y los miedos**

37 / *Gloria Cecilia Díaz*, **La bruja de la montaña**

38 / *Georg Bydlinski*, **El dragón color frambuesa**

39 / *Joma*, **Un viaje fantástico**

40 / *Paloma Bordons*, **La señorita Pepota**

41 / *Xan López Domínguez*, **La gallina Churra**

43 / *Isabel Córdova*, **Pirulí**

44 / *Graciela Montes*, **Cuatro calles y un problema**

45 / *Ana María Machado*, **La abuelita aventurera**

46 / *Pilar Mateos*, **¡Qué desastre de niño!**

48 / *Antón Cortizas*, **El lápiz de Rosalía**

49 / *Christine Nöstlinger*, **Ana está furiosa**

50 / *Manuel L. Alonso*, **Papá ya no vive con nosotros**

51 / *Juan Farias*, **Las cosas de Pablo**

52 / *Graciela Montes*, **Valentín se parece a...**

53 / *Ann Jungman*, **La Cenicienta rebelde**

54 / *María Vago*, **La cabra cantante**

55 / *Ricardo Alcántara*, **El muro de piedra**

56 / *Rafael Estrada*, **El rey Solito**

57 / *Paloma Bordons*, **Quiero ser famosa**

58 / *Lucía Baquedano*, **¡Pobre Antonieta!**

59 / *Dimiter Inkiow*, **El perro y la pulga**

60 / *Gabriela Keselman*, **Si tienes un papá mago...**

61 / *Rafik Schami*, **La sonrisa de la luna**

62 / *María Victoria Moreno*, **¿Sopitas con canela?**

63 / *Xosé Cermeño*, **Nieve, renieve, requetenieve**

64 / *Sergio Lairla*, **El charco del príncipe Andreas**

65 / *Ana María Machado*, **El domador de monstruos**

66 / *Patxi Zubizarreta*, **Soy el mostooo...**

67 / *Gabriela Keselman*, **Nadie quiere jugar conmigo**

68 / *Wolf Harranth*, **El concierto de flauta**

69 / *Gonzalo Moure*, **Nacho Chichones**

70 / *Gloria Sánchez*, **Siete casas, siete brujas y un huevo**

71 / *Fernando Aramburu*, **El ladrón de ladrillos**

72 / *Christine Nöstlinger*, **¡Que viene el hombre de negro!**

73 / *Eva Titus*, **El ratón Anatol**

74 / *Fina Casalderrey*, **Nolo y los ladrones de leña**

75 / *M.ª Teresa Molina y Luisa Villar*, **En la luna de Valencia**

76 / *Una Leavy*, **Tomás no quiere zapatos**

77 / *Isabel Córdova*, **Pirulí en el zoo**

EL BARCO DE VAPOR

SERIE AZUL (a partir de 7 años)

1 / *Consuelo Armijo*, **El Pampinoplas**

2 / *Carmen Vázquez-Vigo*, **Caramelos de menta**

4 / *Consuelo Armijo*, **Aniceto, el vencecanguelos**

5 / *María Puncel*, **Abuelita Opalina**

6 / *Pilar Mateos*, **Historias de Ninguno**

7 / *René Escudié*, **Gran-Lobo-Salvaje**

10 / *Pilar Mateos*, **Jeruso quiere ser gente**

11 / *María Puncel*, **Un duende a rayas**

12 / *Patricia Barbadillo*, **Rabicún**

13 / *Fernando Lalana*, **El secreto de la arboleda**

14 / *Joan Aiken*, **El gato Mog**

15 / *Mira Lobe*, **Ingo y Drago**

16 / *Mira Lobe*, **El rey Túnix**

17 / *Pilar Mateos*, **Molinete**

18 / *Janosch*, **Juan Chorlito y el indio invisible**

19 / *Christine Nöstlinger*, **Querida Susi, querido Paul**

20 / *Carmen Vázquez-Vigo*, **Por arte de magia**

23 / *Christine Nöstlinger*, **Querida abuela... Tu Susi**

24 / *Irina Korschunow*, **El dragón de Jano**

28 / *Mercè Company*, **La reina calva**

29 / *Russell E. Erickson*, **El detective Warton**

30 / *Derek Sampson*, **Más aventuras de Gruñón y el mamut peludo**

31 / *Elena O'Callaghan i Duch*, **Perrerías de un gato**

34 / *Jürgen Banscherus*, **El ratón viajero**

35 / *Paul Fournel*, **Supergato**

36 / *Jordi Sierra i Fabra*, **La fábrica de nubes**

37 / *Ursel Scheffler*, **Tintof, el monstruo de la tinta**

39 / *Manuel L. Alonso*, **La tienda mágica**

40 / *Paloma Bordons*, **Mico**

41 / *Hazel Townson*, **La fiesta de Víctor**

42 / *Christine Nöstlinger*, **Catarro a la pimienta (y otras historias de Franz)**

44 / *Christine Nöstlinger*, **Mini va al colegio**

45 / *Russell Hoban*, **Jim Glotón**

46 / *Anke de Vries*, **Un ladrón debajo de la cama**

47 / *Christine Nöstlinger*, **Mini y el gato**

48 / *Ulf Stark*, **Cuando se estropeó la lavadora**

49 / *David A. Adler*, **El misterio de la casa encantada**

50 / *Andrew Matthews*, **Ringo y el vikingo**

51 / *Christine Nöstlinger*, **Mini va a la playa**

52 / *Mira Lobe*, **Más aventuras del fantasma de palacio**

53 / *Alfredo Gómez Cerdá*, **Amalia, Amelia y Emilia**

54 / *Erwin Moser*, **Los ratones del desierto**

55 / *Christine Nöstlinger*, **Mini en carnaval**

56 / *Miguel Ángel Mendo*, **Blink lo lía todo**

57 / *Carmen Vázquez-Vigo*, **Gafitas**

58 / *Santiago García-Clairac*, **Maxi el aventurero**

59 / *Dick King-Smith*, **¡Jorge habla!**

60 / *José Luis Olaizola*, **La flaca y el gordo**

61 / *Christine Nöstlinger*, **¡Mini es la mejor!**

62 / *Burny Bos*, **¡Sonría, por favor!**

63 / *Rindert Kromhout*, **El oso pirata**

64 / *Christine Nöstlinger*, **Mini, ama de casa**

65 / *Christine Nöstlinger*, **Mini va a esquiar**

66 / *Christine Nöstlinger*, **Mini y su nuevo abuelo**

67 / *Ulf Stark*, **¿Sabes silbar, Johanna?**

68 / *Enrique Páez*, **Renata y el mago Pintón**

69 / *Jürgen Banscherus*, **Kiatoski y el robo de los chicles**

70 / *Jurij Brezan*, **El gato Mikos**

71 / *Michael Ende*, **La sopera y el cazo**

72 / *Jürgen Banscherus*, **Kiatoski y la desaparición de los patines**

73 / *Christine Nöstlinger*, **Mini, detective**

74 / *Emili Teixidor*, **La amiga más amiga de la hormiga Miga**

75 / *Joel Franz Rosell*, **Vuela, Ertico, vuela**

76 / *Jürgen Banscherus*, **Kiatoski y el caso del tiovivo azul**

77 / *Bernardo Atxaga*, **Shola y los leones**

78 / *Roald Dahl*, **El vicario que hablaba al revés**

79 / *Santiago García-Clairac*, **Maxi y la banda de los Tiburones**

80 / *Christine Nöstlinger*, **Mini no es una miedica**

81 / *Ulf Nilsson*, **¡Cuidado con los elefantes!**

82 / *Jürgen Banscherus*, **Kiatoski: Goles, trucos y matones**

83 / *Ulf Nilsson*, **El aprendiz de mago**

84 / *Anne Fine*, **Diario de un gato asesino**

85 / *Jürgen Banscherus*, **Kiatoski y el circo maldito**

86 / *Emili Teixidor*, **La hormiga Miga se desmiga**

87 / *Rafik Schami*, **¡No es un papagayo!**

88 / *Tino*, **El cerdito Menta**

89 / *Dav Pickey*, **Las aventuras del capitán Calzoncillos**

90 / *Ulf Stark*, **El club de los corazones solitarios**